老鼠記者 Geronimo Stilton

預言鼠的神秘手稿

謝利連摩・史提頓
Geronimo Stilton

新雅文化事業有限公司
www.sunya.com.hk

《鼠民公報》
辦公室

賴皮
(謝利連摩的表弟)

班哲文
(謝利連摩的姪兒)

GERONIMO STILTON

謝利連摩・史提頓

菲
（謝利連摩的妹妹）

老鼠記者 1

預言鼠的神秘手稿
IL MISTERIOSO MANOSCRITTO DI NOSTRATOPUS

作者：Geronimo Stilton　謝利連摩・史提頓
主編：嚴吳嬋霞
譯者：嚴吳嬋霞
責任編輯：冼金蓮
中文版封面設計：陳雅琳
中文版內文設計：李成宇
出　　版：新雅文化事業有限公司
　　　　　香港英皇道499號北角工業大廈18樓
　　　　　電話：(852) 2138 7998
　　　　　傳真：(852) 2597 4003
　　　　　網址：http://www.sunya.com.hk
　　　　　電郵：marketing@sunya.com.hk
發　　行：香港聯合書刊物流有限公司
　　　　　香港荃灣德士古道220-248號荃灣工業中心16樓
　　　　　電話：(852) 2150 2100　傳真：(852) 2407 3062
　　　　　電郵：info@suplogistics.com.hk
印　　刷：C & C Offset Printing Co., Ltd.
　　　　　香港新界大埔汀麗路36號
版　　次：二○○三年五月初版
　　　　　二○二二年三月第十七次印刷

http://www.geronimostilton.com
Based on an original idea by Elisabetta Dami.
Art Director: Iacopo Bruno
Cover Illustrations:Ronchi,Mirka Andolfo and Studio Parlapà
Graphic Project: Lara Dal Maso / theWorldofDOT (adapted by Sun Ya Publications)
Illustrations of initial and end auxiliary pages: Roberto Ronchi, Ennio Bufi MAD5, Studio Parlapà and Andrea Cavallini |
Map: Andrea Da Rold and Andrea Cavallini
Story illustrations: Larry Keys and Stefano Scagni
Graphics: Merenguita Gingermouse and Zeppola Zap

ISBN: 978-962-08-3777-7
© 2000, 2015-Edizioni Piemme S.p.A. Palazzo Mondadori, Via Mondadori, 1- 20090 Segrate, Italy
International Rights © Atlantyca S.p.A. Italy
Traditional Chinese Edition © 2003, 2016 Sun Ya Publications (HK) Ltd.
18/F, North Point Industrial Building, 499 King's Road, Hong Kong
Published in Hong Kong, China
Printed in China

目錄

我是一個男子漢，我的意思是老鼠漢	7
為什麼，為什麼，噢為什麼？	14
相信我吧，老闆！	16
看，不需用手爪！	18
是的，他就是史提頓！	21
有一張那樣的臉	30
英文大寫C的文化	32
這才是生活！	36
嘩！嘩！嘩！	42
幽靈貓的洞穴	48
我就是喜歡書！	54
預言鼠的手稿	62
哪一天？	70
大寫M的金錢	72
着火啦！着火啦！	75
乳酪味的巧克力	78
噢，多麼可怕的噩夢！	80

六塊英國切達乳酪牛角包	84
我說，多麼天真呀！	89
多麼勇敢的老鼠！	93
現在我知道了！	98
呀，獨處的福氣！	102
我聞到乳酪嗎？	106
我喜歡乳酪！	111
榮登暢銷書榜首	115

我是一個男子漢，
我的意思是老鼠漢

好吧，讓我想一想……該從哪兒開始講我的冒險故事呢？

唔，是呀，當然要從自我介紹開始啦。

我的名字叫史提頓，

謝利連摩‧史提頓！

我是一個**男子漢**，

我的意思是老鼠漢，

職業是老鼠出版商。我是《鼠民公報》的總裁，它是我們老鼠島上最受歡迎的報紙！

　　我以一千個莫澤雷勒乳酪＊製成的飲料發誓，故事是在我的報紙辦公室開始的。那是一個星期二的下午……

　　雖然外面很冷，但我的辦公室卻非常的溫暖舒適：熊熊的爐火散發出一股可口的溫暖！我把一塊美味的、發酵成熟的巴馬乳酪＊用又熱又濃的甜茶灌進胃裏。

　　我又開始工作了！看看這些發票、契約、收據……哎，是時候做點簿記的工作了。我想，這個星期二會像往常一樣平和、安靜。但是，一把尖利的聲音刺痛了我的耳膜，嚇得我從椅子上掉下來。

　　「**老闆**──」我的編輯助理畢粉紅尖叫着。

　　「請不要大聲喊叫。」我抱怨道，「並且不

＊莫澤雷勒(Mozzarella)乳酪：一種意大利淡味乳酪，常用於烹飪中。
＊巴馬(Parmesan)乳酪：巴馬是意大利北部一個城市，以生產乳酪聞名。

要叫我**老闆**。」

　　她向我跳過來，有節奏地搖擺着她那長尾巴。我注意到她拿着她那巨型的記事簿（像往常一樣），就是那本用草莓粉紅色仿貓毛套起來的記事簿。

「**老闆！老闆！老闆！**我剛想到一個很棒的主意（你知道我是一個很棒的天才），要聽嗎，**老闆**？要嗎？我親愛的**老——闆——**！」

「我們能不能待會兒再討論這個問題？我現在要工作。」我回答道，有點不耐煩。

「但是，**老闆**，這是非常緊急！非常非常緊急的啊！」

「**閉嘴！**」我氣哼哼地說，「我求你不要叫！我的耳朵沒有用乳酪隔音！」

老闆！老闆！老闆！………

老闆！老闆！老闆！………

老闆！老闆！老

「**老闆**，我有一個好主意。」她卻繼續有預謀地說，「肯定能引起你的注意！」她叫着，這尖銳的聲音刺痛我的右耳膜。我一驚，從椅子跳起來往後跌在地上，一大疊發票也跟着四處飛揚。

「好吧，告訴我到底是什麼事情？！」我憤怒地尖叫着，同時收集散落一地的文件……

「**老闆**，我們必須出席鼠蘭克福的書展*！因為我們必須跟上出版界最新的趨勢，比如顏色、設計、插圖、書名、封面……」

「除此之外，我們應該抓住機會見一見真正有實力的出版商，你在聽嗎？**老——闆**！」

我氣得鼻孔出煙：「是的，是的，這真是非常有意思，但是我現在真的像海狸一樣忙！」

「不要着急，**老闆**，我會把一切都準備好的！」畢粉紅傻笑着溜出了辦公室，倒名符其實安靜得像一隻老鼠呢！

我從眼角瞄了她一眼，見到她在翻閱她那本草莓粉紅色的巨型記事簿，臉上露出滿意的神色。接着我聽到她對着行動電話**輕輕**地說着

---

*人類的書展在德國的法蘭克福舉辦，我們鼠類的書展則在鼠蘭克福，兩個書展都是一年一度舉辦的，也是世界上規模最大的書展。

什麼。嘿，現在她居然能輕聲說話了？我以一千個瑞士乳酪洞發誓，為什麼畢粉紅只是對我尖叫呢？

我繼續工作，卻感到越來越累了。哎，賬目不符。這盤賬對來對去也對不準！我不得不工作到深夜，最後，我精疲力竭地趴在桌上睡着了。

為什麼，為什麼，噢為什麼？

我突然給**嚇醒**了，有人朝着我的耳朵大喊大叫。

「起來，我們要出發了！」

「起來？什麼事情？什麼時候？是誰要離開？」我暈陀陀地問道。

畢粉紅眨着眼睛對我說：「**我們**要出發了，**老闆**，你不是很高興嗎？」

「到哪裏去，為什麼？」我有些疑惑地問。

「快點，**老闆**，準備好沒有？我已經叫了計程車了！」她指着自己的手錶，神情堅定地說。

「我沒有準備好！我甚至不知道我要到哪裏

去！」我憤怒地叫着。

「你當然知道我們要去哪兒，**老闆**。去鼠蘭克福呀！」她一邊說一邊冷靜地整理耳朵毛，然後在我的面前揮了揮去鼠蘭克福的機票。哎，她已經把一切都準備好了。我無奈得快要哭出來了——為什麼，為什麼？哎！為什麼我不是她的對手？！

P.S.：畢粉紅已經十三歲了，她愛好上網，有許多朋友，知道從哪兒可以獲得最流行的資訊，並且希望長大後能做一名電視綜藝節目主持人！

相信我吧，老闆！

我不打算去任何地方！我必須核對完這些賬目！」我非常堅決地說道。

畢粉紅翻揭着她那草莓粉紅色的記事簿，說：「我已經想到了解決的辦法（我真聰明啊？），**老闆**。我找到了一個 *GFC* ＊，即是全球金融顧問。他是一個有真材實料、有非常本領的人材，**老闆**！」

我沈思了一會兒，然後問：「嗯，你是說一位全球金融顧問嗎？這也許是個好主意……他能處理好資產平衡單嗎？我能信賴他嗎？」

畢粉紅同情地笑着對我說：「你當然能信賴他，他什麼都懂，要不他怎麼能稱為全球顧

＊ *GFC*：英文是 *Global Financial Consultant*，縮寫成大寫 *GFC*。

問呢？相信我吧，**老闆**。」

「我要花費多少錢呢？」我懷疑地問。

她老謀深算地看着我，說：「他會要求一個**全球**性的價格，**老闆！**」

我還沒來得及回答，她的腳已把我絆倒。我便骨碌骨碌滾下樓梯，停在大門外一部破爛客貨車面前。「好險呵！我們終於可以出發了！」她舒一口氣。

客貨車裏布滿灰塵，到處都是寫滿了潦草字跡的紙張和貼滿備忘的便條貼，車內還瀰漫着一股濃烈的咖啡味。

看，不需用手爪！

　　隨着輪胎的一聲**尖銳慘叫**，客貨車全速開動，駛上了高速公路。

　　「它不是計程車……」我抱怨說。

　　方向盤旁邊一個怪物轉過頭來跟我打招呼。

　　「我姓梵鼠通，名叫托比亞！」他嗓音低沉地說道，並伸出他那毛茸茸的手爪向我表示友好。同時，他不知道從哪兒抽出了一卷羊皮紙卷。

　　「你是史提頓，那個出版商嗎？我這裏有一份古老的手稿，我見你是經營**文化**事業的人，想你一定會對它感興趣的。」他喊着，用右手爪把羊皮紙卷遞給我。

看，不需用手爪！

一種**可怕**的感覺突然在我的腦子裏湧現，我迅速計算着：他用右手爪遞給我羊皮紙卷，用左手爪與我握手……我的意思是，他用哪隻手爪控制方向盤？更令人吃驚的是他正在看着我，而不是前面的路！！！

「我求你注意開車！」我絕望地叫起來。他立即轉身抓住方向盤，千鈞一髮間避開了一輛裝有拖車的載重汽車。

就像沒事發生一樣，這傢伙一邊嘴裏啃着一塊咖啡糖，一邊鼠聲不休地喋喋説話：「我親愛的史提頓，我非常熟悉你出版的作品，如果我可以批評的話，就是它們缺乏一點**文化**的內涵，但你可以改進一下。我正好有一些建議供你參考，這份手稿就是很好的例子……」

「這個瘋子是誰？」我小聲問畢粉紅。

她驕傲地回答道：「他是我叔叔呢！我正好有一個 A+ 的腦波主意：他可以做我們的 **CC***，即是**文化顧問**，你覺得怎麼樣？」

* CC：英文是 Cultural Consultant，即是文化顧問，縮寫成大寫 CC。

是的，他就是史提頓！

托比亞從他的衣袋裏掏出了機票，滿臉愁容地說：「我的老天！」他半閉着眼睛，拿起機票靠近鼻子，嘟噥說：「我以貓鬚發誓，我看不出我的機票是否有效……」

客貨車危險地搖晃着。

我馬上探過身子，試圖抓住方向盤，但托比亞比閃電更快速地再一次用手爪握住了它。

「請鎮靜，史提頓先生，鎮靜。」他安慰着我，「我的機票是有效的，不用恐慌！」

我聽到他對畢粉紅小聲說道：「你的**老闆**像熱房頂上的貓那樣神經質！」接着他高興地補充說：「飛機將在兩小時後起飛，我們的時間很充裕，足夠享受一頓快餐，喝一杯咖啡；咖啡沒有你的份兒，史提頓先生，你太神經兮兮了⋯⋯」

畢粉紅一邊看她那綠色熒光手錶，一邊查看機票上的起飛時間，突然叫道：「托比亞叔叔，飛機將在半小時後起飛！」

托比亞立即從方向盤上舉起他的兩隻手爪，揮動左手爪示意我們要安靜，用右手爪敲打自己的前額説：「當然了，現在是 16 時 12 分，而不是 15 時 12 分！我還沒有調校到夏令時間裏呢！」

我的臉色轉白：為什麼他不能把兩隻手爪放在方向盤上呢？「請你注意方向盤好嗎？」

我又補充説：「你難道不知道嗎，我們早在四個月前就轉行夏令時間了。」

「天啊！」他抱怨着，「時間過得真快！別擔心，一切盡在掌握之中！我以我後背上的毛打賭，我們不會錯過飛機的……」他説完就把加速器上的指標調到最高檔，客貨車立刻像咆哮着的大花貓一樣飛速衝向前。

「**停車**！」我央求道，「讓我下車！」

畢粉紅勸我説：「一切都會好的，**老闆**。」
然後，她按了按常常戴在脖子上的計時器的按扭。

這時客貨車在兩條行車線間瘋狂地左右換線，托比亞用他那低沉的嗓子唱着歌劇的詠歎調。

-VIN-CE-RÒ … VIN-CE-RÒ … VIN-CE-RÒÒ…

畢粉紅用她的小手爪在車的儀表板上打着節拍，她也跟着哼唱，似乎被感染了。

POROMPOMPOM……POROMPOMPOM……
POROMPOMPOM……

8分鐘後我們到了機場，8分鐘，請注意我説的是8分鐘！

在停車場上，托比亞發現有隻老鼠也要停車，他就叫道：「喂，老友，你的汽車輪胎沒氣了！」

這隻老鼠感到奇怪，就在他把腦袋伸出車窗檢查輪胎時，托比亞熟練地把車擠進了這最後的一個停車位。

「看，車子泊好了！」他滿意地尖叫着。

當我下車時，我故意把衣領立起來，遮住了我那因為羞愧而發紫的臉。而那個被騙的司機不斷用各種難聽的話罵我們。

我們拖着行李衝進機場。

機場裏的揚聲器宣布着：「飛往鼠蘭克福的飛機馬上要起飛了，這是最後通知！真正的，真正的最後通知！」

我們以最快的速度穿過大廳，托比亞不斷叫着：「**快讓路，快讓路！**讓我們過去，你們不能擋路！」所到之處，我聽見有老鼠輕聲抱怨着：「那隻沒有教養的老鼠是誰？」

「我想我認識他，這不是謝利連摩·史提頓嗎？那個出版商嗎？」

「對，你說得對，正是他！」

「是的，是的，正是他，沒有錯！」

這時我努力地把我的臉孔藏在行李箱後面，不要被他們認出來。

我們一到行李托運處，托比亞就大聲叫

道：「我這裏有一位 **VIP**＊，著名的出版商史提頓先生，我們是和他一起的。」然後他迅速插隊到了隊伍的最前面。我試圖阻止他，可是一點兒用也沒有。

　　有老鼠抱怨説：「我們這裏有個狡猾的傢伙，他不肯像其他老鼠一樣排隊！」

＊ VIP：英文 Very Important Person，即是非常重要的人物，縮寫成 VIP。

「真的嗎？他是誰？」

「他不就是史提頓嗎？謝利連摩‧史提頓！」

「真想不到啊！他看起來像一位很有教養的老鼠，一個真正的文化人，**我的意思是文化鼠。**」

「相反地，他的表現竟然是那樣子的粗魯！」

「史提頓先生應該為自己的行為感到羞愧！」

「再看看他跟些什麼怪異的朋友在一起！」

我發現鼠羣中有《**老鼠日報**》的攝影記者，而《**老鼠日報**》是我們《**鼠民公報**》的競爭對手。

只見攝影記者舔了舔

鬍鬚，期待着分得美味的一杯羹，隨即連珠炮地搶拍了不少照片。

我已可預見明天報紙的頭版標題：

粗魯的出版商在機場出醜！

議論聲霎時變得越來越響，托比亞出奇不意地從一位可憐的老鼠那兒搶來一根拐杖，這隻老鼠的一隻腳還打着石膏，托比亞卻把拐杖塞進我的胳膊下面。「謝利連摩·史提頓實際上是一隻殘疾老鼠！而且他現在正處於巨大的痛苦之中！」托比亞說完，使勁地踢了踢我的腿。我痛得叫出了聲。

「看吧，他的呻吟多麼令老鼠同情！」托比亞解釋着。他拿起我們的登機證，把我、拐杖和所有的行李丟進行李車上，一併推走！但之前他居然還有時間喝掉最後一杯咖啡。

有一張那樣的臉

突然，我聽見身後一把聲音喝道：「**別動，我們終於抓住你了！**」一位海關警察攔住托比亞，舉起一張通緝犯的照片說：「你真的認為，你這張貓竊賊的嘴臉，可以不會被發現而過關嗎？」

接着他又嚴厲地對我說：「你認識這名男子嗎？我意思是**這隻老鼠**？」

「**我……是，我的意思是……不認識，或許你可以說，嗯……**」我結結巴巴地說，不知道該怎麼辦才好。

托比亞被押送走了，我們也一樣。《**老鼠日報**》的攝影記者自然拍到更多的照片，而我

也可以想像到更多災難式的頭條新聞：

妙鼠城聲名受損！！！

著名出版商史提頓在機場被捕，

　　因為他企圖與一個危險的恐怖分子逃走！

很多個鐘頭之後（飛機當然已經錯過了），那個警察先生終於查明，托比亞長得與他們追查了很久的恐怖分子一個模樣……哎，我們終於可以起飛了。我已筋疲力竭了，因為：

第一：我不得不用膠布修補我的眼鏡（托比亞一屁股坐在它上面）。

第二：我必須把我的護照清洗乾淨，然後用吹風機吹乾（托比亞把咖啡濺在我的護照上）。

第三：我被送去醫務室（托比亞推動滑門時，碾傷了我的尾巴）。

第四：我的行李丟失了（托比亞錯把行李托運到另一個地方）。

英文大寫 C 的文化

　　飛機一起飛，畢粉紅就閉上眼睛打呼嚕了。相反，托比亞卻一邊啜着特濃的凍咖啡，一邊開始他沒完沒了的嘮叨：「我親愛的史提頓，我非常相信文化，提醒你，那是英文大寫 **C 的文化***，並不像你在某些報紙上讀到的垃圾，噢，我忘了那張報紙的名字，對，比如

*英文 Culture 的第一個字母是 C，大寫 C 的文化，意思是説不是一般的膚淺文化。

《**鼠民公報**》。噢，這張報紙真是你的嗎？」

「我真恭喜你，你那裏來的勇氣出版這種垃圾報紙？我很奇怪你到現在還沒有破產，哈哈哈，哈哈哈———！也許這才是讀者想要的，那是垃圾，而不是大寫C的**文化**，不過，你也不用灰心，我會幫助你的！我將告訴你出版些

什麼，比如之前給你看的手稿⋯⋯」

　　托比亞不停地講話，不時在我的面前搖晃着那卷神祕的手稿，同時不停地喝着一杯又一杯咖啡。

　　終於到達目的地了，我疲憊不堪，眼光光地睜大眼睛像精神病鼠；相反，托比亞卻顯得精神煥發。

　　他伸了伸懶腰，對我說：「我親愛的史提頓，要不要來一客大蒜乳酪火鍋？或是乳酪蛋糕！」這無聊的想法讓我感到噁心，現在才剛早上 8 點鐘！

　　托比亞停在一個小食檔前，大口地吞下一勺又一勺熱氣騰騰的火鍋乳酪，然後**興奮**地叫着：「哈哈，簡直是太美味啦！這才是真正的大寫 F 的**乳酪火鍋**＊！」畢粉紅則湊合着把匈牙利辣椒粉灑在一個巨大的肉腸包上，再加一客超級葛更佐拉乳酪＊辣椒奶昔！

　　他們真是天生一對啊！

＊英文 Fondue 的第一個字母是 F，Fondue 是以蛋白、乳酪等做成的火鍋料理。大寫 F 的乳酪火鍋，意思是說非一般的乳酪火鍋。

＊葛更佐拉（Gorgonzola）乳酪：以意大利米蘭市郊的葛更佐拉村命名的上等乳酪，用白乳酪或羊乳製成。

這才是生活！

　　我們的計程車停在這個城鎮最豪華的**鼠茲酒店**前。一位穿戴非常漂亮的服務員高興地叫着：「是史提頓先生嗎？您預訂的最豪華**套房**已經為您準備好了！」

　　我被問住了，我正要轉身問問畢粉紅時，卻被隨之而來的經理雷布洛雄‧德‧羅克福先生打斷了。這是一隻相當世故、老練的老鼠，説話帶着法語「R」音：「**歡迎**，非常榮幸您能選擇我們的酒店。請您跟我來！」

　　我們跟着經理，來到一扇富麗堂皇的門前，門上的黃銅板上刻着：**王室套房**。

城鎮上最豪華的鼠茲酒店

　　我還沒來得及說什麼，經理就推開門，然後莊嚴地宣布：「這是畢粉紅小姐的房間！」

　　這真是一個非常寬敞的房間，有**哥德式**的窗戶和大理石的圓柱。令人**驚歎**的是，浴室裏竟然有一個小型的游泳池；臥室牀的旁邊放了一組高級音響組合；牆上安裝了落地式的熒幕，可以上網到最新的大型遊戲網站。

　　「**嘩**，我的天！」畢粉紅高興得快要暈過去了。

　　我看得直冒冷汗。我將為此花費多少錢呀？我正想說些什麼（事實上我還沒想好要說什麼），經理已把我們帶到另一扇門前。這扇門的黃銅金屬板上刻着：**皇帝套房**！畢粉紅對我眨了眨眼睛，尖叫着說：「**老闆**，我知道你一向都想要最好的！」

這是畢粉紅小姐的房間！

經理和藹地看着畢粉紅，說：「真是一個可愛的女鼠，她顯然非常的尊敬您，並且樂意為您做事……**喔！大家快看！**」

房門打開了，裏面是一間更闊大的房間，圓拱狀的天花板上畫着色彩絢爛的壁畫。

我遲疑地問：「這是我的房間嗎？」

「不，這是**我們的**房間！」托比亞糾正着。

「**我們的**？」我大叫着，這個回答讓我大吃一驚。

托比亞友善地拍了拍我的肩膀，說：「你看，我親愛的史提頓，這就是**我的**房間。畢粉紅本來要給你預訂**超級巨型套房**，可惜已經有客入住了。所以，我的好朋友，你就是我的室友了！我希望你接受我的好意，史提頓

先生！對我來說，這是很大的犧牲呢！」

　　我真不想和這樣的老鼠住在一起，就說：「嗯——謝謝你的好意，如果能另外有個單鼠房間就更好了……」

　　托比亞聽了很生氣，說：「我把我的房間奉獻給你，你卻拒絕了，難道你嫌棄我身上有臭味嗎？你說是不是？」

　　「不不，我當然不是這個意思。」我急忙回答道。

　　托比亞不由分說地把我推進了房間，並對畢粉紅尖聲叫道：「我一會兒就去看你！」接着他關上房門，快跑着縱身跳上牀，高興地嚎叫着：「這才是大寫 **L** 的 **生活** ＊呀！」

＊英文 Life 的第一個字母是 L，大寫 L 的生活，意思是說非一般人的生活。

嘩！嘩！嘩！

托比亞真是個非常糟糕的室友。

他總是忘了關浴室裏的水龍頭，害得我不時要到浴室裏看看，防止發生水災；更令人受不了的是，他晚上睡覺不超過3至4小時；更不用說他喝咖啡的次數了，而且他還要了一個咖啡機！每過15分鐘他就會説：「我要再來一杯咖啡了！」他能夠一口吞下一整杯沸騰騰熱滾滾的特濃咖啡，我真懷疑他的胃是不是有石棉襯裡的。更要命的是打鼾：噢！他真會**打鼾**啊！

我就這樣度過了難熬的一夜，第二天的早上，我已經被折騰得筋疲力盡了。可是，作為

一隻老鼠中守時的男子漢，**我意思是老鼠漢**，早上8點正，我就下樓來到大廳準備去書展；托比亞會隨後跟來。

畢粉紅小聲對計程車司機說了些什麼，汽車便往前飛奔，車輪發出刺耳的聲音。我靠在車座上休息，腦子裏想着接下來的約會和要接待的客鼠。十分鐘後，汽車突然停在一個巨型的招牌前，上面寫着：**嘩！嘩！嘩！**

畢粉紅立刻跳出車。我奇怪地問：「你要去哪兒啊？」

「讓我跟上潮流，**老闆**！」她邊回答邊跑向售票處。

我說不出話來，「什麼，什麼，什麼？」我問畢粉紅，緊追着她。一隻過路的老鼠告訴我，這是城中最出名的遊樂場。

巨型招牌上寫着：嘩！嘩！嘩！

當我快追到畢粉紅的時候，她卻溜進第一個娛樂景點裏：**瘋狂乳酪老鼠轉轉杯**。

我發現一輛救護車停在轉轉杯的入口處，正當我思考救護車的用途時，畢粉紅已經鑽進了一個杯子形狀的吊車裏。我追着她喊：「畢粉紅，等一等！」這時來了一羣喧嘩的小老鼠，把我推開了，我跌跌撞撞地進了第二個杯子裏。畢粉紅回過頭來，調皮地對我豎起大拇指。

就在這時，杯子進入了一個比貓的喉嚨還黑的隧道裏，同時揚聲器裏播放着一首令老鼠厭惡的歌曲，不用懷疑，這肯定是

嘩！嘩！嘩！

一個變態狂寫的：

瘋狂吧！盡情歡樂吧！我要把你們搖成果凍，

你們進來是偶然的，我馬上就讓你們出去！

大杯子在黑暗中不斷地上下折騰，使老鼠眼花繚亂的速度旋轉着，一會兒順時針⋯⋯一會兒逆時針⋯⋯

地獄式的痛苦接踵而來。這個大杯子在黑暗中不斷地上下折騰，同時又使老鼠眼花繚亂的速度旋轉着，一會兒順時針，一會兒逆時針，哎！

猛烈地攪動

着(像我)一樣闖進來的、有勇無謀的、無膽鼠輩。歌曲繼續唱：

抽打着，攪拌着，把你倆旋
　　轉成一團悲傷，誰叫你倆要來到
　　　　這喧鬧的瘋狂世界？

　　我被轉得頭暈目眩……最後，我終於能呼吸外面的新鮮空氣了。靠近**瘋狂乳酪老鼠轉轉杯**出口的旁邊，佩帶黃色十字架的護士正忙着搶救暈倒的老鼠。她們在暈倒的老鼠的鼻子前搖晃着一小片發酵的巴馬乳酪。

　　但是，我現在卻面如乳酪色，和莫澤雷勒乳酪一樣白。噢，我要瘋了，我看見畢粉紅又朝另一個娛樂景點跑去：**幽靈貓的洞穴**！

幽靈貓的洞穴

突然，我身後傳來一把聲音：「史提頓先生，非常高興見到你！」

我轉過身，原來是羅德尼·鼠克羅福，一個專門開發兒童讀物的出版商。

「嗨，早上好，鼠克羅福先生！我想你也是來參加書展吧。」我說，發現他正拖着一個大約五歲的小老鼠的手爪。

「我帶我的姪子來這兒玩。」他解釋道，「別的老鼠說幽靈貓的洞穴非常值得玩，千萬不能錯過！你也來玩嗎，史提頓先生？」

「嗯，我想我就在外面等好了。」我咕噥着說。

羅德尼和他的姪子

　　這時，畢粉紅已看見了當前的景況，她又要像平時一樣插手了。

　　「我是畢粉紅，史提頓先生的編輯助理。我曾經跟他說這個最新的娛樂景點非常好玩，是萬萬不能錯過的，你看，這多麼新潮呀！」

　　「你說得非常對，讓自己趕上潮流是很重要的，要知道現在年輕的老鼠都喜歡什麼呀！史提頓先生，你知你多麼幸運呀，有一位這麼聰明的助理。好了，讓我們進去吧，我已經等不及了。聽說裏面的經歷是絕對的**恐怖**……」

　　我們一起向入口走去。

　　我的腿已經開始發軟了……

　　我拖着身子來到一張用貓革製成的小扶手椅前，我倒在椅子裏，感到自己很倒霉。

　　我的血液變冷：原來安全帶就是兩隻貓的

手爪環抱着我，就像一個爪子扣！

扶手椅又進入了黑黑的隧道！突然，貓的骨架對着我跳舞！揚聲器發出**震耳欲聾**的聲音：

喵———噢———

　　這時，我才意識到，我將面臨假貓的騷擾，我的鬍鬚因害怕而激烈抖動着……掛在洞穴上面的鋼鐵爪子擦過我的耳朵，拉脫我鼻上的眼鏡。這還不夠，馬上，一個貓臉形狀的影子出現在我們前面的牆上，這個怪異恐怖的「貓」做出追殺我們的架勢。

　　「**救命**！」我尖聲叫。

　　畢粉紅安慰我説：「鎮靜，**老闆**，這只是一個幻象而已。」

　　接着，我們浸在一種黃澄澄的液體中，「太噁心了，」我叫着，「這又是什麼，**貓尿**嗎？」

「當然不是！」羅德尼的姪子很權威地說，「你難道沒看見這只是一點彩色的水嗎？」

我暈陀陀地走出了**幽靈貓的洞穴**。

「史提頓先生，我沒想到你是一個這麼敏感的男子漢，**我意思是老鼠漢。**」羅德尼搖搖頭說。

我知道我自己鬧了一個大笑話，我真是個傻瓜！

我就是喜歡書！

　　最後，我終於説服了畢粉紅離開遊樂場，我們繼續向書展的展場出發。我氣喘吁吁朝着我的攤位走去，像一隻瘋老鼠一樣：**哎**，我才只有一天時間來處理我所有的業務啊！

　　到了展館，我發現托比亞坐在**我的**書桌旁，我同時發現他的咖啡弄髒了**我的**日記簿。

　　托比亞得意地説：「剛才有幾個外國書商來找你，他們説和你約好

了時間。我告訴他們你有事情要辦，比和他們
做生意更重要的。我雖然聽不懂他們的回答，
但聽起來好像是侮辱的話……他們還把合約撕
毀了，你看這些！」

　　我把合約的碎片收集好，這
個突如其來的打擊讓我氣得咬尾巴。

　　「我花了一年的時間來促成這份合作出版
合約！」

　　他不緊不慢地繼續說道：「後來，有一個
作家拿着一份新書規劃書來，要和你談出書的
事情，我跟他說你從此以後不會對這些感興
趣，因為我們將出版大寫C的**文化**書籍，而不
是這些垃圾！你應該看看他聽後是多麼生氣的
樣子……」

　　我絕望地扯我的鬍鬚。

「他是梅菲斯特・格倫茨！一個非常難相處的作者，我本來已說服他為我的出版社寫稿⋯⋯」

托比亞漠不關心地撚了撚他的鬍鬚，接着說：「後來，我又遇見了鬃尾莫菲！一位**頂級電視台**的新聞記者。」

「你又跟她說了什麼？」我急切地問。

「你猜猜！我告訴她我們只能出版大寫 C 的**文化**書。例如《**貓如何消滅早期鼠類文學**》、《**老鼠教授的定理**》和《**老鼠對數的起源**》，還有《**老鼠理性的批評**》。」

「她是怎麼回答的？」我發抖地問。

托比亞不耐煩地說：「老天，她竟然聽到

一半就睡着了。她說她要是患上失眠症時便回來!我甚至花自己的錢給她買了杯咖啡,使她保持清醒,真是浪費!」

我氣得**跌倒在地上**:「祝賀你,你只用上幾個小時就毀掉我的生意了!」

畢粉紅在我的眼前搖了搖目錄說:「**老闆**,你不是要暈倒在我身上吧?」

這時,一位著名的文學代理商走到我的展台前,他指了指我寫的書《**絲寶石眼之謎**》。我馬上向他介紹書的情節:故事是從我的妹妹菲發現一張奇怪的藏寶圖開始。所以,我和菲、表弟賴皮、我的小姪兒班哲文一起坐上大帆船去尋找寶藏……

代理商聽後激動地說:「這真是一個有趣的故事,這本書的國外版權賣出了沒有?」

托比亞用他的手爪在撕這本書：「這不是大寫 C 的**文化**書！這不是你想要的，相信我！」

我試圖阻止他說話，可是已於事無補了。代理商瘋狂地搖頭，走開了。

我看了看錶：以一千個莫澤雷勒乳酪製成的飲料發誓，我要遲到了！！！

我急忙向舉行圖書交易會議的大廳跑去，因為我被邀請演講呀。

我穿過擁擠的展館，到處是編輯、作者、插畫家、書稿代理商和印刷商在談生意，我的眼睛盯着書架上新奇的出版物。

我就是喜歡書！

我喜歡讀書，喜歡把書頁翻弄，聞書上的味道：我喜歡剛印刷出來的書帶有的油墨味道！

作為一個**出版商是一個多麼好的專業**呀！我不會用世界上的任何東西來交換它！

我到達會場，登上講台作了一個簡短的演講。

台下的老鼠客客氣氣地鼓掌。

我親切地問：「大家有什麼問題嗎？」

會場的後面有老鼠喊：「為什麼到現在還沒有一間出版商願意出版大寫 C 的**文化**書呢？」這把聲音怎麼聽起來這麼熟悉⋯⋯啊，除了托比亞，還有誰呢！

在場的每一隻老鼠都想聽到一個慣性的禮貌回答，因此你可以想像到他們的反應，當我忿怒地大叫出來：「夠了！我受夠了！我不會對大寫 C 的**文化**發表任何言論！」

老鼠們在**騷動**了。

其他的出版商目瞪口呆地看著我。我聽見台下有老鼠小聲說：「這是他最後一次演講了。」

「史提頓先生真丟臉啊，這樣無禮對待一隻**可憐的老鼠**⋯⋯」

可憐的老鼠⋯⋯

預言鼠的手稿

我氣呼呼地回到我的展台。

我要對這隻擁有**全知腦袋的博學鼠**痛罵一頓……

我把公事包放在地板上，不小心碰倒了托比亞的袋子，一卷褪了色的羊皮紙卷滾了出來，上面有一個黃色封蠟，刻有一塊乳酪的印記。吱嘎一聲，羊皮紙卷打開了：

這是一份古老的手稿，正如托比亞不斷強調的那樣。

因為我是一個細心謹慎的男子漢，**我的**

意思是老鼠漢，所以我立刻把它捲好，放回托比亞的袋裏，但我還是無可避免地看到了前面的一些文字。

　　此預言鼠是鼠類中最傑出、
最卓越、最優秀的老鼠，他是最
偉大的導師、預言鼠的祖師，能
預測未來一切⋯⋯

占卜師嗎？

未來事情的預言家？

我作為出版商，敏銳的鼻子已經嗅到了這份手稿的**暢銷價值**了，我要進一步了解這份手稿。

剛好這時，托比亞卻回到了展台，嘴裏還舔着咖啡味的冰淇淋。我決定這個時候保持冷靜。

「嗯，早上好，托比亞！」我盡力讓自己的聲音顯得友善。

「嗯——」他不情願地應付說。

「對了，你以前要交給我的手稿還在嗎？我想看看。」我裝作漠不關心地問。

「嗯……嗯……」

「我也許想出版它……」

我的手爪發癢，想看一看手稿，但我盡力控制自己！

「老天，你剛才說你不會對大寫 C 的**文化**發表任何言論！」他諷刺地反駁着。

我卻裝作沒聽見，仍舊漫不經意地說：「不過我仍不介意簡單看一下……」

「你真的有興趣嗎？這是預言鼠的極珍貴手稿，他是世界著名的預言家，可是我剛把它轉

讓給莎莉·尖刻鼠了。」

我的鬍子在抖動。莎莉·尖刻鼠？《**老鼠日報**》的出版商？在過去的20年裏，以各種合法的及不合法的手段攻擊《**鼠民公報**》、我的頭號**敵鼠**？我決不能讓莎莉的手爪碰到那份手稿。

「托比亞，我將給你一份重量級的訂金……」

「莎莉也這麼說。她說要預付給我10萬冊的訂金。」

我猶豫了一下。10萬冊？它真的值那麼多錢嗎？

狡猾的托比亞立刻察覺到我在猶豫。為了說服我，他取出手稿，用他那戲劇化的聲調口若懸河地朗讀：

魔法預言鼠之預言書

　　此預言鼠是鼠類中最傑出、最卓越、最優秀的老鼠，他是最偉大的導師、預言鼠的祖師，能預測未來一切。

　　下文詳述了他如何預言1000年及此後發生的事情，包括事件發生的原因、正確的時間以及世界走向死亡宿命的準確方式……

　　上述偉大導師的神祕而可靠的預言，已於公元1558年由托比亞記錄下來。他是一位謙遜、服從及對偉大的預言大師最忠誠的文士……

托比亞對我眨了眨眼，說：「老天，他甚至預言了世界滅亡的日期！但是那還不只……我可以隨便讀幾段四行詩給你聽，你就會明白這個手稿是多麼的有趣。」

日蝕地震
預告災禍
羣貓驟降
鼠類滅亡

他停下來，嘲弄地笑說：「很有趣吧，是不是？這四行詩在數世紀前就預言了 1702 年長達50多年的貓類侵略事件，還有巧合出現的日蝕和地震。」

「但是，」他繼續說，「預言鼠聰明地把他

所預言的真相掩藏了起來，只有在事件發生過後，老鼠們才能明白他的預言。很多四行詩的意思仍隱蔽得非常神祕，例如這些：

> 若斗膽之徒
> 違抗預言鼠
> 必法網難逃
> 且罪無可恕

> 掠奪之鼠不法手稿
> 詩謎之四行讀不到
> 騙子吞噬大火領土
> 巨寶鼠榮譽是勇敢

　　我的心劇烈地跳動着。這份手稿將帶來一大筆財富呀！不管多少錢都要把它弄到手！我馬上作手勢叫托比亞停下來。

「我現在給你出價 20 萬冊的預訂金。」

他提高聲音說：「莎莉說她將付給我 **10%** 的版稅。」

「嗯——，我親愛的托比亞，我給你**11%**，不是什麼鬼主意，我決定了，是 **12%**！」

他好像感到滿意了。

「你可要知道，我不是因為錢才這麼做的，僅僅是因為你出版的書的文化水平實在是太低了，你確實需要大寫 C 的**文化**。」

我握着他的手爪說：「好吧，就以老鼠的名譽成交吧！」

「成交！」他面露喜色地回答說。

你出版的書的文化水平實在是太低了……

哪一天？

我真是很高興。

這次我已經擊敗了對手！莎莉·尖刻鼠休想染指這份手稿！

我已經可以想像到我的破紀錄印數了。

至於書的封面，我要用上等的紫色絲綢包裝，也可以加上金薄片。文稿要印在珍貴的上等羊皮上⋯⋯

書的名字叫什麼呢？當然是叫：「**預言鼠的神祕手稿**」。

我會採用哥德式的字體，這樣，這份手稿就營造出神祕莫測、引讀者注意的氣氛⋯⋯

我甚至可以預見報紙的大標題：

著名出版商謝利連摩·史提頓
最新出版的暢銷書
終於揭開預言鼠的祕密！

等一等，我問自己說：世界末日是什麼時候來臨？在我陷入沈思的時候，我模糊地感覺到一道**閃光**掠過，有老鼠在給我們拍照！

大寫M的金錢

　　此時托比亞在啜飲着一杯特濃咖啡，一邊喋喋不休地說話：「你看，史提頓，這個手稿是我們家族一代又一代傳下來的，但是，只有我找到了它。它藏在我曾祖父書桌內的一個神祕的抽屜裏。偉大的預言鼠把預言留傳給他的文士(我的祖先)，我的祖先就把他的口述筆錄下來了。預言鼠預言了所有的事情：1752年在巴馬西尼尤斯四世國王的加冕典禮上，你應知道是他召集了所有老鼠國的老鼠在他旗幟下⋯⋯1702年兇殘的鐵爪貓王三世入侵⋯⋯預言鼠甚至預言了硫化火山的爆發。在短短的一天裏，鼠輩城整座城市都被岩漿毀壞了(你應該

知道那是 1799 年的事情)⋯⋯預言鼠也預言了
幾百年後將發生的事情，包括**世界末日**的到
來！」

　　我害怕地問：「嗯，順便問問，世界末日
的確切日期是哪天？」

　　他傻笑起來：「哈，感興趣嗎？每隻老鼠
都想知道，親愛的史提頓！它可能發生在明
天，後天，或是距離現在的三千年後⋯⋯」

　　我真想把手稿奪過來看看具體的日期。

　　托比亞半閉眼看着我說：「以前，只有預言鼠和我的祖先知道世界末日的日期……現在只有**我**知道啦，因為我看過手稿！只有花錢買這書來看的老鼠，才能知道日期，哈哈，當然還有出版商，在他給我定金之後！」

　　我生氣了，大聲說：「你不是那個只關心大寫 C **文化**的老鼠麼？」

　　他卻狡猾地回答說：「大寫 C 的**文化**是值得花上大量大寫 M 的**金錢***。」

---

*英文 Money 的第一個字母是 M，大寫 M 的金錢，意思是說不是一般數目的金錢。

着火啦！着火啦！

突然，我聽見有老鼠喊：「**着火啦！着火啦！**」

隨即，在托比亞的帶領下，大家都擁向火警出口處。我聽見火警的聲響，同時頭頂上的消防系統的水像雨般噴灑下來。

半小時過去了，擴音器宣布是一場虛驚，霎時書展的通道內擠滿了老鼠，他們好奇地議論紛紛。我回到了自己的展台，這時，我的心咯噔一下，「手稿到

莎莉・尖刻鼠偷走了手稿?

哪去了？」

「手稿！」我焦急地尖叫着，「你把它放在哪裏了？托比亞，你到底放在哪裏了？」

托比亞的臉一下子變得慘白。

「天哪，我剛才就放在桌子上，可是剛才的事情發生得那麼突然……」

我開始翻箱倒櫃地到處尋找，「噢，抽屜裏沒有，完全沒有了痕跡！」

托比亞嚎啕大哭起來，太戲劇化了，附近的老鼠都轉過頭來觀望。「我的老天！它丟了！手稿被偷了！我要暈倒了，我需要三倍濃度的咖啡來讓自己清醒！」

我卻在一邊沈思，「難道是**莎莉‧尖刻鼠**有份插爪？」

乳酪味的巧克力

在對面大廳盡頭的畢粉紅都聽見了托比亞的嚎叫，她以最快的速度回到了展台。

聽我講完事情的經過後，她安慰我說：「讓我來解決這件事吧，**老闆**！」接着，她從她的帆布背包中取出一個放大鏡，開始仔細地檢查地板。

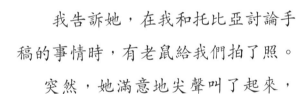

我告訴她，在我和托比亞討論手稿的事情時，有老鼠給我們拍了照。

突然，她滿意地尖聲叫了起來，從地上撿起一張鍍金紙的碎片給我看：「這是乳酪味的巧克力的包裝紙！」她驚呼着，一邊在嗅着，「這是『**好滋味**』牌子！」

接着，她繼續搜索展台外的走廊。我見她蹲在地板上，難道她發現新的線索了？尋覓完走廊的拐角處，她滿意地回來了，手爪裏還滿是鍍金包裝紙。

「看，**老闆**，有老鼠躲在牆角偵察你時，大嚼乳酪味的巧克力。那個偷手稿的傢伙肯定愛吃**甜食**！我認為小偷(莎莉？)在火警鐘上動了手腳，會不會是小偷（莎莉？）用了調虎離山計把你們從展台裏引開？」

畢粉紅自告奮勇，化裝去《老鼠日報》的總部調查。我們立刻起程返回妙鼠城。

噢，多麼可怕的噩夢！

那個晚上，我雖然回到家，但睡得非常不好。我夢見自己來到預言鼠的實驗室：這個偉大的預言家從我手爪中奪走手稿，他說我不配出版它，因為我從來不出版大寫 **C 文化**的東西……

第二天早上，我出去吃早餐。我把一個乳酪牛角包泡浸在泡沫咖啡*裏。這時，一位似曾相識的女鼠來到了我的面前，我沒能即時把她認出來。

「**老闆，老闆！**」她興高采烈地裝模作樣，對我叫着，「**老闆**？難道你真認不出我了嗎？」

*泡沫咖啡（Cappuccino）：一種意大利咖啡。

我夢見自己來到預言鼠的實驗室

我仔細看看，她身上的皮毛塗滿閃閃發亮的螢光顏色，橙、紫、紅、綠和藍！她的一隻耳朵刺着**部落的紋身**，圖案是一隻張牙舞爪的貓。她穿着破舊的低腰牛仔褲，露出肚臍；上衣是用科技織品做的，上面繡有貓頭圖案，貓的鬍鬚被拽時，會發出喵喵的怒叫聲。

她外面還穿着一件非常小的背心，是用螢光粉紅仿貓皮草製成的。她那平常揹的帆布背包不見了，今天挽着一個小蛇皮包。

「這是我**最酷的獵人裝**，追得上時下最新的潮流。我敢保證莎莉・尖刻鼠也不能把我認出來。順便說一下，你知道莎莉從市場上撤回了一百萬份報紙的事

情嗎？其中一頁倒過來印……不可思議！！！」

畢粉紅離開，繼續去搜集更多《**老鼠日報**》的新聞，我則在辦公室裏焦急地等待。同時，我從互聯網上搜索到了一些信息：

預言鼠 (1503-1566 年)
醫學家和占星家，以謎一般高深莫測的預言聞名，全部收集在那本叫《966 占星世紀》的書內。那些預言可預見未來全部的事件，直到世界末日。其中許多預言的意義神祕莫測，直至事件發生後才真相大白！現在，記載着這些預言的手稿卻消失得無影無蹤了。

六個英國切達乳酪牛角包

下午，畢粉紅回到了《鼠民公報》總部。

「聽我説，**老闆**，《老鼠日報》大樓的污水管竟然爆裂了（不可思議！！！）所有的辦公室都被淹了，你難以想像那難聞的臭味。而且，所有的電腦都出了毛病！不可思議！！！不過，不管怎麼説，莎莉得到手稿並且準備出版了。」

托比亞嚎叫道：「老天，我的姪女，這真是一則大寫 **N** 的**新聞***呀。」

我絕望地揪着鬍鬚，我的暢銷書稿竟落在莎莉的手上。

我們三個最後決定，第二天到《老鼠日報》的辦公室向莎莉討回公道。

*英文News的第一個字母是N，大寫N的新聞，意思是説非一般的新聞。

　　我又度過了另一個傷心的不眠之夜。在幼稚園上學的時候，我和莎莉的鬥爭就開始了。她總是對我耍一些骯髒的把戲，拉我的尾巴，偷我的彩色鉛筆，而且向老師誣陷我。雖然她只是隻小鼠，但已經是隻真正的**瘟鼠**！

　　有一陣子，我們走上各自發展的道路。但是，自從我替祖父掌管了約克郡布丁街 13 號樓的《**鼠民公報**》後，她卻在約克郡布丁街 14 號樓開辦了《**老鼠日報**》，顯然是和我對着幹。

　　莎莉沒有因為年齡的增長而學好。她仍舊欺負弱者，處處要贏，甚至不計任何代價！

　　第二天早上 8 點正，我和畢粉紅動身去《**老鼠日報**》辦公室。托比亞本來也要去的，

可是他像往常那樣遲到了，所以我們沒帶他去。當我離開家的時候，看門的老鼠告訴我，昨天樓頂上的裝飾物掉了下來，離莎莉竟然僅有鬍鬚那麼小的距離。還有，莎莉在鼠洞跌倒，手骨折了……**不可思議呀！！！**

我進入《**老鼠日報**》的大樓，「我能見一下尖刻鼠小姐嗎？」我有禮貌地問。

祕書小姐搖了搖頭說：「不行，尖刻鼠小姐正在開會。」

我朝前面的玻璃窗門往裏面看，莎莉給她的合作伙伴包圍着，她正在得意洋洋地舉着那神祕的手稿說着什麼。

「不用麻煩了！我自己會說明來意！」我高聲叫着，打開大門闖進去。

莎莉的唇角露出勝利的微笑。她一邊用手

爪撫平她那淡金色皮毛上的一綹鬈毛，一邊不耐煩地問我：「怎麼啦，史提頓先生，**你有什麼事情嗎**？」莎莉（像往常一樣）穿着最流行的柔和色衫裙，指甲塗上紫色指甲油（像往常一樣）。

　　她冷冰冰地看着我，不斷用她那光澤的指甲敲打着桌子……就在這時，一隻在酒吧工作的老鼠氣喘吁吁地跑了進來，說：「這是您叫的早餐，尖刻鼠小姐！」然後遞給她六個**切達乳酪***牛角包、三塊**莫澤雷勒**餡餅、八塊**卡門伯特乳酪**餅乾、一塊烤**葛更佐拉乳酪**三文治，還有一品脱固體奶油。

莎莉・尖刻鼠

---

*切達 (Cheddar) 乳酪：以英國的切達這個地方命名的乳酪，是一種黃色硬乳酪。

　　莎莉立刻從他手爪中奪過托盤，說：「你怎麼啦？難道你在地板上生根了嗎？**我說**，你是不是這樣？？？你在等小費嗎？大想頭！休想了！快滾出去！**我說**，我忙得很！」接著，不管三七二十一，莎莉狼吞虎嚥地解決了牛角包、餡餅、餅乾和烤三文治，可是她的眼睛一直死盯著我！

　　我清了清喉嚨，說：「嗯——莎莉，我知道你得到了一份古老的手稿……」

　　她假笑地說：「真的嗎，史提頓？**我說**。」

　　我緊接著說：「法律上手稿的擁有者是托比亞・梵鼠通，他已經和我達成協議，讓我擁有獨家出版權。所以……我要取回手稿，莎莉，手稿並不屬於你！」

我說，多麼天真呀！

她卻還給我邪惡的一笑。

「**我說**，我並不打算把手稿還給你！我知道你是很天真的，史提頓，但不至於這個程度吧，**我說**……**我說**！！！」

「你的意思是拒絕還給我手稿嗎？」

「絕對，**我說**！！！」她回答說，緊緊抓着手稿，臉有得意之色。

我吱吱地鼠叫：「這是很不公平的，莎莉。」

她哈哈笑着：「你那見鬼的腦袋裏都裝着什麼？**貓糧**嗎？」接着她冷冷地盯着我，說：「這個世界是屬於我們狡猾的老鼠，**我說**……」

　　我歎了口氣說：「莎莉，早晚你要為此後悔的，莎莉。這只是時間的問題。」

　　她在我的面前搖動手稿，說：「史提頓，如果你真想得到手稿，就過來拿呀，**我說**！」

　　畢粉紅突然從我的後面衝了出來，跳向莎莉，尖聲叫道：「跟你打賭，你可以肯定我們是來拿手稿的，手稿是我們的，縮開手爪！」

　　莎莉嘲笑着說：「**我說**，史提頓，你現在是要躲在年輕女孩的後面嗎？」

　　她又對畢粉紅叫道：「讓我看看你的利爪，小寶貝兒！現在是你我之間的事了！」

莎莉拉扯着手稿的一邊，畢粉紅抓着另一邊。

「小心啊！」我提醒她們。

一個刺耳的聲音隨之而來：「**格裂——**」，哎，手稿被扯裂了。莎莉和畢粉紅同時向後仰了過去。

畢粉紅迅速翻了個筋斗站起來；莎莉可沒這個本事，她向後倒下去時，撞倒了一個金質燭台。燭台滾向窗戶，燭火把窗簾點着了。

這時，門突然被撞開，托比亞跑了進來。他一看見火苗就大聲叫道：「我的天哪，這簡直是大寫 F 的**大火***呀！」

他趕緊轉過身逃跑，但給莎莉的尾巴絆了一跤，腦袋瓜撞着了玻璃桌。他馬上爬起來，一瘸一拐地逃跑了。

---

*英文 Fire 的第一個字母是 F，大寫 F 的 fire，意思是說不是一般的大火。

走廊上的老鼠大叫：「着火啦！着火啦！」不久，我們全部聚集在約克郡布丁街的《老鼠日報》大樓前面。《老鼠日報》大樓現在正處於一片火海之中，燒通了頂。

「手稿怎麼樣了？」我問。畢粉紅遞給我手稿的一塊碎片，說：「這是我抓到的那部分，只剩下這麼幾個字了。」

此預言鼠是鼠類中最傑出、最卓越、最優秀的老鼠，他是最偉大的導師、預言鼠的祖師，能預測未來一切……

這時，我聽見有人喊：「莎莉在哪裏？有誰看見莎莉·尖刻鼠嗎？」

多麼勇敢的老鼠！

我立刻意識到莎莉還在大樓裏面。

「我們該怎麼辦呢？」莎莉的職員說。但他們似乎沒有一個願意進去救她。莎莉很有錢，但是沒有老鼠愛她……

我迅速作出決定：「我要進去救她！」

我從胸前的衣袋裏取出手帕，把它放在水桶裏浸濕，然後用濕手帕圍住我的臉，以免被濃煙嗆着。我奮不顧身地衝進了烈火熊熊的大樓。

大樓裏如地獄般的灼熱，屋樑的碎片不斷從天花板上掉下來，我不顧死活地在一片混亂中尋找着莎莉在二樓的辦公室。

我終於摸索到樓梯，兩級併作一級地爬上去，希望它們不會在我的手爪下**坍塌**。

從滾滾的濃煙中，我依稀地看到了玻璃門，抓住門把手，「噢，我的手快被燙焦了！」我**痛苦**地叫道。

經過一番尋找，我終於發現昏倒在地板上的莎莉。我把她抓住（我以一千個莫澤雷勒乳酪製成的飲料發誓，她可真沈重呀！），不得已，我只好把她舉起來，扛在肩膀上，然後幾經艱難，才回到樓梯口。我連自己都弄不明白，當時怎麼會有那麼大的力氣揹著莎莉從樓梯走下來，可能是絕望中求生的力量吧！我終於逃出大樓，來到外面，四周的老鼠向我圍了過來。

「這個男子漢，**我的意思是老鼠漢！**」

絕望中求生的力量！

消防隊長高聲叫着。

　　一個攝影記者拍了一連串的照片。

　　所有的老鼠也跟着說：「多麼勇敢的老鼠！」

　　由於**害羞**，我不太願意在公眾面前表現自己，所以我吱吱鼠聲說道：「嗯——，我想任何老鼠都會這麼做的！」

　　就在這時，莎莉睜開了她的眼睛，說：「史提頓，**我說**，怎麼會是你？你究竟為什麼要救我？**我說**，難道你想自己當**英雄**嗎？」

　　我搖了搖頭，說：「是我的良知告訴我這麼做的。我很高興你沒有受傷……莎莉，這才是最重要的。」

　　她**冰冷**的目光盯着我。有那麼的一瞬間，她似乎要融化了，我以為她會向我道謝。

但是，她卻從擔架上坐起身來對我說：「我才不相信你呢！**我說**，你是一個低級的英雄！你只不過是利用我來博取免費宣傳，這樣你就能上報紙的頭條了！**我說**，你休想在我的報紙上佔任何位置！」當救護員把她抬走時，我仍然聽見她瘋狂地怒叫着：「我告訴你，不可能在我的報紙上搞新聞！你不能夠！**我說**！！！**我說**！！！**我說**！！！」

我歎了口氣，可憐的莎莉。她還沒有意識到她現在已經沒有報紙了……

現在我知道了！

第二天早上，我回到辦公室。我燒焦的鼻子刊登在所有報紙的第一頁！

勇敢的出版商老鼠在火海中救了他的對手！

謝利連摩·史提頓不顧生命危險，在火海中勇敢搏鬥，救了莎莉·尖刻鼠……

老鼠島上的最新英雄：謝利連摩·史提頓，善心的出版商……

出版商謝利連摩·史提頓

除了報道這場大火外，報紙也報道了《**老鼠日報**》近來發生的一連串不幸事件：

100 萬份報紙被顛倒印壞了……

污水管爆裂了……

所有的電腦都壞了……

房頂上的裝飾物差點兒砸在莎莉的頭上，弄傷了她的手……

最後是日報大樓竟然起火了……

從莎莉偷取了預言鼠手稿的一刻，她似乎就被詛咒了！

真是一團糟！多麼**不可思議**呀！

「**詛咒**」這個單詞突然提醒了我一些事情。

我突然想起了那讓我迷惑不解的四行詩，現在我知道它的意思了！

那麼你呢？你明白了嗎？好了，讓我們一起想一想！（你也可以從101頁得到答案。）

若斗膽之徒
違抗預言鼠
必法網難逃
且罪無可恕

掠奪之鼠不法手稿
詩謎之四行讀不到
騙子吞噬大火領土
巨寶鼠榮譽是勇敢

解答

四行詩裏的字詞次序都排亂了，如果把字詞重新正確排列，便成為四行有意義的句子。

原四行詩：

掠奪之鼠不法手稿
詩謎之四行讀不到
騙子吞噬大火領土
巨寶鼠榮譽是勇敢

重新正確排列的詩：

不法之鼠掠奪手稿
四行詩之謎讀不到
大火吞噬騙子領土
勇敢鼠榮譽是巨寶

呀，獨處的福氣！

當我仍然沈思着這首四行詩的意思時，托比亞走進辦公室。

「嗨，史提頓，我曾經答應，幫你提高這出版社的文化水準，所以我來了。順便說一下，你看我應該把我的東西放在哪兒呢？這個辦公室就不錯，這是**你的**辦公室，沒關係，也可以用，你什麼時候拿走你的東西呢？還有，咖啡機在哪兒？」

「是的，對了。你要喝一杯咖啡嗎？」我趕忙打岔來轉移他的話題，同時我好奇地問：「手稿被燒以前，你已經把內容看過了，現在你能告訴我世界末日的日期嗎？」

他奇怪地看着我，説：「日期，什麼日期？」

「什麼日期？**世界末日**的日期，在手稿上記載的！」我強調説，面帶溫和的微笑。

他卻搖了搖頭，迷惑不解地問：「手稿？哪份手稿？」

「預言鼠的手稿！就是那個預言家的手稿！」我大喊道，我被他激怒了。他卻再一次搖搖頭説：「預言鼠？他是誰？」

這時畢粉紅走進辦公室，對托比亞説：「你好呀，叔叔！」接着對我解釋道，「**老闆**，你還記得他曾摔了一跤嗎？頭被撞了。所以，我叔叔已經忘了關於手稿的一切事情。」

托比亞大喊：「別擔心，史提頓，我只忘了這一件事情。其他的事情都在我的舌頭尖

上，隨時可說出來！對了，我們該從哪裏着手？把你變成大寫 *P* 的**出版商***！」

我想現在正是給我的職員宣布一個正式通知的時候了：「我準備寫一本名為《預言鼠的神祕手稿》的書，把我全部的奇特經歷寫出來。從去鼠蘭克福的旅行到手稿被偷，結局是《**老鼠日報**》大樓的火災……」

職員們同聲歡呼起來，托比亞說：「老天，史提頓，真是個妙主意！你也將成為大寫 *W* 的**作者***了！」

我決定給自己放假，回到我在老鼠山安靜的家。因此，我交託畢粉紅管理辦公室的日常事務。她向我保證說：「一切盡在掌握之中，**老闆**！全球金融顧問將幫你處理業務。你就專心寫作吧，**老闆**！」

我度過了天堂般的一個月，沈浸在書籍的氛圍中。我喜歡獨處，我熱愛想像各種各樣的故事、人物和情節。我奮筆疾書，從黎明到黃昏，寫作對於我來說是件快樂的事情，因為我有時間思考，明白到這世界畢竟是公正的，是的，當然的，勝利不會屬於狡猾者。

最後，我的書完成了。

＊英文 Publisher 的第一個字母是大寫 P，大寫 P 的出版商，意思是說非一般的出版商。

＊英文 Writer 的第一個字母是 W，大寫 W 的作者，意思是說非一般的作者。

我聞到乳酪嗎？

我回到了城市，回到妙鼠城，第一站是去看看我的報社。當我踏進辦公室的行政部時，遇到一位戴着大眼鏡的瘦小老鼠，他看起來不超過13歲，卻嚴肅地坐在桌旁。我想他是畢粉紅的一個朋友。

「哈囉！你在這裏做什麼呢？」我禮貌地問。

他大聲説：「早上好，史提頓先生！我名叫杜瓊斯。我需要具體了解一下你的税

務……」

我把眼睛睜得大大的,「什麼?什麼?什麼?」

「畢──粉──紅──」

她閃電般出現,我充滿恐懼地問:「我希望我的想法不是錯的。他就是全球金融顧問嗎?」她對我裂開嘴笑,說:「你看出來了?老闆!他就是全球金融顧問!他會處理所有的事情,包括經營管理、你的所得稅、你在證券交易所的投資……」

我暈倒過去了。畢粉紅用一些巴馬乳酪味
的嗅鹽把我弄醒。我咕噥道:「有誰能告訴我
這是一個夢,一個噩夢,一個任何出版商都不

會經歷的最壞噩夢……」

但是當我核對賬目的時候，我改變了看法，我意識到杜瓊斯是個年輕的天才。他一點也不用猶豫，就把我的大部分資金投資在一間在互聯網上賣乳酪的新公司的股份上。他替我賺的錢比原來的投資多 300% 呢！

畢粉紅小聲說：「我建議你以雙倍的價錢僱用他，**老闆**，在其他老鼠把他掘走前，比如莎莉·尖刻鼠……」

説起莎莉，她剛一出院，就立刻着手創建一份新的日報。

我往窗外看了看，歎了口氣。新的第14號樓正以飛快的速度重建着，可是她沒有請來建築工人，莎莉強迫她的職員為她蓋樓。

為了省錢，莎莉把她的職員當奴隸一樣看

待，只給他們一點點工資，但卻逼他們以**噩夢**般的速度幹活……

我喜歡乳酪！

我握了握杜瓊斯的手爪，恭賀他的成績。

然後，離開行政部門來到我的辦公室。一進去，我就看見坐在我的書桌後的托比亞。他正拿着我的電話對我的祕書發施號令⋯⋯

「嗨，你好呀，史提頓！你走後，我就寫成並出版了《老鼠便祕的症狀》，這本書又名叫《老鼠的神祕進化論》。」

「你竟然叫這做書名？我一個字也搞不懂！」我反對說。他卻泰然自若得很。

「我還出版了一本手冊——《教你如何養貓：繁殖、習性、營養》。」他補充說，似乎對自己的成就相當滿意。

文化鼠

消防員

高爾夫球高手

髮型師

古物研究員　建築師

消防員

太空鼠

探險家

舞蹈家

作家

水力學工程師

足球員　廚師

一級方程式賽車手

醫生

搖滾樂手

　　「我從來沒聽過一個老鼠會對養貓感興趣的！」我說，生氣地拽了拽鬍鬚。

　　他剝開一顆咖啡糖的糖紙繼續說道：「我已經想出了另一個刺激的書名：《一個天才的自傳》(也就是我的一生)。你高興嗎？史提頓。」

　　有句諺語這麼說道：當領頭的老鼠做白日夢，他的部下就瘋狂了！我安慰自己：除了當出版商之外，還有很多有意思的事情等着我去做呢！比如品嘗乳酪……

我 喜 歡

乳 酪 … …

1st

榮登暢銷書榜首

你想知道這個故事是怎麼結束的嗎？

六個月過去了。我（自然）仍在做我的出版商。《**鼠民公報**》（自然）經常和《**老鼠日報**》不和，這是很自然的事情。換句話說，這才是競爭。

對了，想知道最近的情況嗎？《預言鼠的神祕手稿》獲得空前的成功，在妙鼠城，它的銷量榮登暢銷書排行榜的第一名！你現在讀的正是這本書……你喜歡嗎？我衷心希望你喜歡。

我現在要告訴你一個祕密，可是你答應我千萬不要告訴別人。我已經在準備寫我的下一

本書了。那是關於
金字塔、任何古老
的消失文化、阿特
蘭蒂斯、香格里
拉、黃金國……我
已經做好了全部的
研究工作，我等不
及要動筆了。

　　好了，就到此
為止，我親愛的鼠
迷朋友，下一本書
再見，那當然是一
本史提頓的新書！
吱吱！

親愛的鼠迷朋友，
下次再見！

謝利連摩‧史提頓

Geronimo Stilton

老鼠記者 Geronimo Stilton

1. 預言鼠的神秘手稿
2. 古堡鬼鼠
3. 神勇鼠智勝海盜貓
4. 我為鼠狂
5. 蒙娜麗鼠事件
6. 綠寶石眼之謎
7. 鼠膽神威
8. 猛鬼貓城堡
9. 地鐵幽靈貓
10. 喜瑪拉雅山雪怪
11. 奪面雙鼠
12. 乳酪金字塔的魔咒
13. 雪地狂野之旅
14. 奪寶奇鼠
15. 逢凶化吉的假期
16. 老鼠也瘋狂
17. 開心貓歡樂假期
18. 吝嗇鼠城堡
19. 瘋鼠大挑戰
20. 黑暗鼠家族的秘密
21. 鬼島探寶
22. 失落的紅寶之火
23. 萬聖節狂嘩
24. 玩轉瘋鼠馬拉松
25. 好心鼠的快樂聖誕
26. 尋找失落的史提頓

27. 紳士鼠的野蠻表弟
28. 牛仔鼠勇闖西部
29. 足球鼠瘋狂冠軍盃
30. 狂鼠報業大戰
31. 單身鼠尋愛大冒險
32. 十億元六合鼠彩票
33. 環保鼠闖澳洲
34. 迷失的骨頭谷
35. 沙漠壯鼠訓練營
36. 怪味火山的秘密
37. 當害羞鼠遇上黑暗鼠
38. 小丑鼠搞鬼神秘公園
39. 滑雪鼠的非常聖誕
40. 甜蜜鼠至愛情人節
41. 歌唱鼠追蹤海盜車
42. 金牌鼠贏盡奧運會
43. 超級十鼠勇闖瘋鼠谷
44. 下水道巨鼠臭味奇聞
45. 文化鼠巧取空手道
46. 藍色鼠詭計打造黃金城
47. 陰險鼠的幽靈計劃
48. 英雄鼠揚威大瀑布
49. 生態鼠拯救大白鯨
50. 重返吝嗇鼠城堡
51. 無名木乃伊
52. 工作狂鼠聖誕大變身

53. 特工鼠零零K
54. 甜品鼠偷畫大追蹤
55. 湖水消失之謎
56. 超級鼠改造計劃
57. 特工鼠智勝魅影鼠
58. 成就非凡鼠家族
59. 運動鼠挑戰單車賽
60. 貓鼠秘密來信
61. 活力鼠智救「海之瞳」
62. 黑暗鼠恐怖事件簿
63. 黑暗鼠黑夜呼救
64. 海盜貓暗偷鼠神像
65. 探險鼠黑山尋寶
66. 水晶貢多拉的奧秘
67. 貓島電視劇風波
68. 三武士城堡的秘密
69. 文化鼠減肥計劃
70. 新聞鼠真假大戰
71. 海盜貓遠征尋寶記
72. 偵探鼠巧揭大騙局
73. 貓島冷笑話風波
74. 英雄鼠太空秘密行動
75. 旅行鼠聖誕大追蹤
76. 匪鼠貓怪大揭密
77. 貓島變金子「魔法」
78. 吝嗇鼠的城堡酒店

79. 探險鼠獨闖巴西
80. 度假鼠的旅行日記
81. 尋找「紅鷹」之旅
82. 乳酪珍寶失竊案
83. 謝利連摩流浪記
84. 竹林拯救隊
85. 超級廚王爭霸賽
86. 追擊網絡黑客
87. 足球隊不敗之謎
88. 英倫魔術事件簿
89. 蜜糖陷阱
90. 難忘的生日風波
91. 鼠民抗疫英雄
92. 達文西的秘密
93. 寶石爭奪戰
94. 追蹤電影大盜
95. 黃金隱形戰車
96. 守護幸福山林
97. 聖誕精靈總動員
98. 復活島尋寶記
99. 荒島求生大老驗
100. 謝利連摩和好友的
　　 歡樂時光
101. 怪盜反轉垃圾場

與老鼠記者一起
歷奇探險走天下！